Tableaux modernes

HOTEL DROUOT
21 Novembre 1901
Mᵉ LÉON TUAL
MM. BERNHEIM JEUNE

Tableaux Modernes

CATALOGUE

de

BEAUX ET IMPORTANTS

Tableaux Modernes

ET AQUARELLES

appartenant pour partie au Docteur X***

Dont la vente aura lieu à Paris

HOTEL DROUOT, Salle N° 6

Le Jeudi 21 Novembre 1901 à 3 heures précises

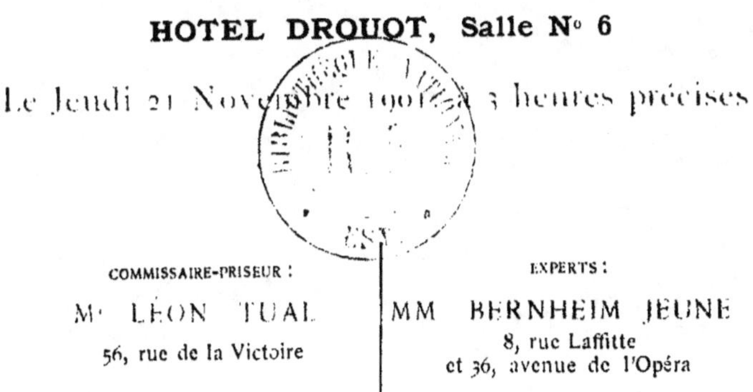

COMMISSAIRE-PRISEUR :	EXPERTS :
Mᵉ LÉON TUAL	MM. BERNHEIM JEUNE
56, rue de la Victoire	8, rue Laffitte et 36, avenue de l'Opéra

EXPOSITION PUBLIQUE, le MERCREDI 20 NOVEMBRE 1901

de 1 heure 1/2 à 5 heures 1/2.

CONDITIONS DE LA VENTE :

Elle sera faite au comptant.

Les acquéreurs paieront 10 o/o en sus des prix d'adjudication.

Tableaux

BOUDIN (Eugène)

1. — Le Bateau couché.

A droite, le bateau noir couché sur le sable. La fumée d'un feu de pêcheur monte dans le ciel gris chargé de pluie. A gauche, la mer.

Toile. — Haut.: 40 cent.; Larg.: 55 cent.

Signée à gauche en bas : E. Boudin.

BOUDIN (Eugène)

2. — Le petit Pont.

Avec ses deux arches sur la rivière pleine de reflets. — A droite, allée d'arbres ; à gauche, un pré. Au fond, le village.

> Panneau. — Haut. : 25 cent. ; Larg. : 34 cent.

Signé à gauche en bas : E. Boudin.

BOUDIN (Eugène)

3. — Les Laveuses.

Autour d'une mare, au milieu des bois, un groupe de laveuses.

> Panneau. — Haut. : 27 cent. ; Larg. : 35 cent.

Signé à gauche en bas : Trouville. E. Boudin. 93.

BOUDIN (Eugène)

4. — L'Appareillage de bateaux de Berck.

Une flottille de bateaux en partance.

> Panneau. — Haut. : 28 cent. ; Larg. : 35 cent.

Signé à gauche en bas : Berck. E. Boudin.

BOUDIN (Eugène)

Les Barques de pêche.

BOUDIN (Eugène)

5. — Les Barques de pêche.

A gauche, deux barques à voiles. — A droite, un fin voilier et quelques bateaux ; au loin un vapeur. La partie inférieure du ciel est chargé de beaux nuages argentés.

Toile. — Haut. : 70 cent. ; Larg. : 52 cent.

Signée à gauche en bas : E. Boudin. 93.

BOUDIN (Eugène)

6. — Coin de Port.

De nombreux bateaux groupés sur le rivage, enchevêtrant leurs mâtures et leurs coques noires. Ciel pluvieux.

Panneau. — Haut. : 25 cent. ; Larg. : 34 cent.

Signé à gauche en bas : E. Boudin. 72.

BOUDIN (Eugène)

7. — Bateaux de Berck. — Le Retour.

Par le chenal qui miroite entre les sables, les bateaux arrivent de la haute mer.

Panneau. — Haut. : 33 cent. ; Larg. : 27 cent.

Signé à droite en bas : E. Boudin-Berck.

BOUDIN (Eugène)

8. — Laveuses.

Quelques femmes sur le bord d'une rivière, maniant le battoir et tordant le linge.

Panneau. — Haut : 27 cent.; Larg. : 35 cent.

Signé à droite en bas : E. Boudin.

CAILLEBOTTE (Georges)

9. — Le jeune Blé.

Les champs couverts de jeune blé jusqu'à l'horizon que raye une ligne d'arbres.

Toile. — Haut. : 62 cent. 1,2 ; Larg. : 84 cent.

Signée à gauche en bas : G. Caillebotte.

CÉZANNE (Paul)

10. — Cour de Ferme.

Les bâtiments couverts en chaume que domine un haut rideau de feuillages épais.

Toile. — Haut. : 42 cent.; Larg. 46 cent.

Les Bouleaux.

COLLIN (Gustave)

11. — La Course de Taureaux.

La corrida a lieu en plein air sur une place de village.

Toile. — Haut.: 68 cent.; Larg.: 60 cent.

Signée à gauche en bas : Gustave Collin.

COROT (Camille)

12. — La Vallée.

Une immense vallée enclose de tous côtés par des montagnes. — C'est le soir.

Panneau. — Haut.: 22 cent.; Larg.: 33 cent.

Signé à gauche en bas: Corot.

COROT (Camille)

13. — Les Bouleaux.

A gauche, un paysan piochant dans un champ enclos dans un plan de hauts bouleaux. — A droite, appuyée à un arbre, une femme.

Toile. — Haut.: 50 cent.; Larg.: 38 cent.

Signée à gauche en bas: Corot.

COROT (Camille)

14. — Vue de Naples.

Au plein soleil, les maisons plates, en amphithéâtre sur le flanc d'un coteau où un édifice de plus grande importance se découpe sur le ciel très léger d'un beau soir.

Toile. — Haut.: 19 cent.; Larg.: 56 cent.

Signée à gauche en bas: Corot.

DAUMIER (Honoré)

15. — Au Théâtre.

Un rang des fauteuils d'orchestre. Les figures des spectateurs apparaissent en lumière au dessus de la tache claire du plastron. Ils écoutent attentivement, les yeux fixés vers la scène.

Panneau. — Haut.: 34 cent.; Larg.: 40 cent.

Signé à gauche en bas: H. D.

DECAMPS (Alexandre-Gabriel)

16. — Paysage.

Au pied de grands arbres, sur un promontoire de sable qu'échancre un marécage, deux personnages en costumes amples et coiffés d'un turban. — Au loin, à travers les arbres, on aperçoit la mer.

Toile. — Haut.: 33 cent. 1 2; Larg.: 44 cent. 1/2.

Signée à droite en bas: D.

DAUMIER (Honoré)

Au Théâtre.

DIAZ (Narcisse)

17. — Types d'Afrique.

Une jeune femme, richement vêtue, avec, à droite
et à gauche, ses deux enfants. Le groupe est en valeur
sur un fond de verdure.

Panneau. — Haut. : 44 cent.; Larg. : 36 cent.

Signé à gauche en bas : N. Diaz. 1845.

ÉCOLE MODERNE

18. — La Berge.

A gauche, une berge terreuse, un pont et un rideau
de feuillages. — A droite, la rivière et quelques
bateaux.

Panneau. — Haut. : 35 cent.; Larg. : 42 cent.

Ce tableau porte à gauche en bas la mention : S. Lépi

ÉCOLE MODERNE

19. — L'Homme au Bonnet rouge.

Vu de profil, coiffé d'un bonnet rouge.

Toile. — Haut. : 43 cent.; Larg. : 33 cent.

ERPIKUM

20. — Dialogue de Bébés.

Toile. — Haut.: 42 cent.; Larg.: 33 cent.

Signée à gauche en bas: Erpikum.

A droite : 1872.

FAIVRE (Abel)

21. — La Léda au Chapeau.

Toile. — Haut.: 26 cent. ; Larg.; 31 cent.

Signée à droite en bas : Abel Faivre.

FAIVRE (Abel)

22. — Repos.

Toile. — Haut.: 23 cent.; Larg. 31 cent.

Signée à gauche en bas : Abel Faivre.

FAIVRE (Abel)

23. — La Fille aux Cerises.

Toile. — Haut.: 30 cent.; Larg.: 33 cent.

Signée à droite en bas: Abel Faivre.

Roses dans un verre.

FANTIN-LATOUR

24. — Les Œillets blancs.

Quelques œillets dans un verre.

Toile. — Haut. : 34 cent. ; Larg : 28 cent.

Signée à droite en haut : Fantin.

FANTIN-LATOUR

25. — Le Bouquet.

Dans un vase à haut col, des fleurs.

Toile. — Haut. : 36 cent. ; Larg. : 30 cent.

Signée à gauche en bas : Fantin.

FANTIN-LATOUR

26. — Les Roses.

Toile. — Haut. : 27 cent. ; Larg. : 40 cent.

Signée à gauche en haut : Fantin.

FANTIN-LATOUR

27. — Roses dans un verre.

Toile. — Haut. : 40 cent. ; Larg. : 40 cent.

Signée à gauche en haut : Fantin.

FANTIN-LATOUR

28. — Dans la Clairière.

Trois femmes assises dans l'herbe. — A droite, un miroitement de ruisseau.

Toile. — Haut. : 24 cent.; Larg. : 39 cent.

Signée à gauche en bas : Fantin.

GAUGUIN

29. — Ceylan.

Sur un plancher, quatre indigènes accroupis. Tout autour, la prairie irradiant sous le soleil intense.

Toile. — Haut. : 90 cent.; Larg. : 1 m. 16 cent.

GUILLAUMIN (Armand)

30. — L'Inondation à Épinay.

Toile. — Haut. : 49 cent.; Larg. : 59 cent.
Signée à droite en bas : Guillaumin.

GUILLAUMIN (Armand)

31. — Ruines à Crozant.

Toile. — Haut. : 60 cent.; Larg. : 74 cent.
Signée à droite en bas : Guillaumin.

FANTIN-LATOUR

Dans la Clairière.

GUILLAUMIN (Armand)

Le Verger en friche.

GUILLAUMIN (Armand)

32. — Boigneville. (Les Carnaux.)

Un sentier dans la verdure disparaît à gauche derrière une haute roche. Dans tout le fond, un rideau
de forêt avec de beaux dessous d'ombre bleue.

Toile. — Haut.: 82 cent.; Larg.: 66 cent.

Signée à droite en bas : Guillaumin.
Au dos : la mention Boigneville, 1894
(Les Carnaux) Juin, 5 heures soir.

GUILLAUMIN (Armand)

33. — Le Verger en friche.

A droite un grand pommier dont les branches
retombent à gauche presque jusque dans l'herbe. —
Au fond, un bouquet d'arbres et une maison.

Toile. — Haut.: 55 cent. 1,2; Larg.: 65 cent.
Signée à gauche en bas : Guillaumin.
Au dos la mention : Verger en friche
Juin 92. — 9 heures matin.

GUILLAUMIN (Armand)

34. — Le Gouffre Saulnier.

Une étroite vallée, au pied de deux coteaux es-
carpés et verdoyants. Très beau ciel de matin mauve
et rose.

Toile. — Haut.: 59 cent.; Larg.: 72 cent.

Signée à gauche en bas : Guillaumin.
Au dos : Crozant, Octobre 98.
Le gouffre Saulnier, 8 heures du matin.

HELLEU

35. — Les Régates.

Au premier plan, une estacade avec des promeneurs. — Au loin, toute une ligne de bateaux à voiles blanches profilées sur le ciel gris.

Toile. — Haut. : 60 cent. ; Larg. : 75 cent.

Signée à gauche en bas : Helleu.

IBELS (H.-G.)

36. — Le Comique.

Panneau. — Haut. : 47 cent., Larg. : 39 cent.

Signé en haut à droite : H.-G. Ibels.

INCONNU

37. — Intérieur d'Église.

Entre les piliers, on distingue une nef latérale avec, dans le fond, un vitrail blanc.

Panneau. — Haut. : 82 cent. ; Larg. : 69 cent.

INGRES

Portrait de Madame de Staël.

INGRES

38. — Portrait de Madame de Staël.

La tête un peu inclinée vers l'épaule gauche, Mme de Staël est vêtue d'un corsage blanc, la taille très relevée, la gorge pleine, un peu découverte, l'avant-bras à petits plis serrés par trois liserés blancs. Elle appuie le coude gauche sur une draperie verte qui, passant derrière elle, vient se croiser sur son bras droit. Les mains sont réunies, les doigts noués, d'une attache incomparable.

Œuvre de la jeunesse du peintre.

Ce tableau présente de très grandes analogies avec le chef-d'œuvre de Ingres : *Portrait de Mme Théodore Rivière*, qui figure au Louvre.

Toile. — Haut. : 59 cent.; Larg.; 74 cent.

LEBOURG (Albert)

39. — Paysage.

Une rivière avec des bois à droite et des barques à gauche.

Haut.: 45 cent.; Larg. : 80 cent.

Signé à gauche en bas: Albert Lebourg.

LEBOURG (Albert)

40. — Marine à Rouen.

Toile. — Haut. : 47 cent.; Larg. : 54 cent.

LEBOURG (Albert)

41. — Bords de la Seine aux environs de Rouen.

Le fleuve à gauche, reflétant un grand soleil pâle à demi perdu dans les nuages. Près de la rive, un trois-mâts ; à droite, un chemin avec un cavalier. Au fond une ligne de coteaux qui se perd, à gauche, dans le bleu.

Toile. — Haut.: 55 cent.; Larg.: 72 cent.

Signée à droite en bas : A. Lebourg.

LEBOURG (Albert)

42. — L'Embarcadère.

A gauche, le port d'un bleu tendre. — A droite des barques, un quai descendant, à l'extrémité duquel un trois-mât ; puis un autre quai avec de grands bâtiments de dépôts. — Au fond, une ligne de rivages.

Toile. — Haut.: 37 cent. ; Larg.: 67 cent.

Signée à droite en bas : A. Lebourg.

LEBOURG (Albert)

43. — La Seine à Bercy.

Grise sous le ciel gris, la Seine où se reflète la lune. A droite, une berge avec un chaland à quai ; une touffe d'arbres bas et des maisons.

Toile. — Haut.: 35 cent. ; Larg.: 65 cent.

Signée à gauche en bas : A. Lebourg. Paris-Bercy.

LEBOURG (Albert)

Bords de la Seine aux environs de Rouen.

LEBOURG (Albert)

A Andrésy.

LEBOURG (Albert)

44. — La Rivière.

Elle coule entre les prairies herbeuses et reflète le ciel blanc et rose, et la ligne sombre des coteaux qui ferment au loin le beau paysage tout en verdure.

Toile. — Haut. : 42 cent.; Larg. : 66 cent.

Signée à droite en bas : A. Lebourg.

LEBOURG (Albert)

45. — Au Bas Meudon.

A gauche, un chemin de berge bordé de murs et de maisons. A droite, la Seine avec un gros chaland; au fond, une ligne de coteaux s'amincissant de droite à gauche.

Toile. — Haut. : 38 cent.; Larg. : 72 cent.

Signée à gauche en bas : A. Lebourg. Bas-Meudon.

LEBOURG (Albert)

46. — A Andressy.

La rivière s'éloigne entre deux rives très boisées. A droite, tout un premier plan d'herbes.

Toile. — Haut. : 51 cent.; Larg. : 75 cent.

Signée à droite en bas : A. Lebourg. Andressy, 1898.

LEBOURG (Albert)

47. — La Seine au Bois de Boulogne.

D'un coloris superbe, le fleuve et la rive à droite. En pleine pâte la rive à gauche avec une série de bateaux amarrés.

Dans un sentier, une femme et un enfant. Un ciel de beaux nuages souples et gras.

Toile. — Haut. : 48 cent.; Larg. : 77 cent.

Signée à gauche en bas : Albert Lebourg, Bois de Boulogne.

LEROUX (C.)

48. — Le Roulier.

Tête d'homme en casquette regardant à droite.

Panneau. — Haut. : 22 cent.: Larg. : 13 cent.

Signé à gauche en bas : Leroux C.

LE SIDANER

49. — Bruges. — Un Canal la nuit.

Le canal s'éloigne, d'un gris bleu mat, bordé par de hautes maisons où deux fenêtres sont éclairées. Les toits sont couverts de neige.

Toile. — Haut. : 83 cent.; Larg. : 58 cent.

Signée à droite en bas : Le Sidaner, Bruges, 1871.

Dans les Coquelicots.

MAUFRA

50. — Paysage.

> Toile. — Haut. : 45 cent.; Larg. : 54 cent.

Signée à droite en bas: Maufra.

MAYER (Constance)

51. — Le Rêve du bonheur.

Composition allégorique.

> Panneau. — Haut. : 42 cent.; Larg. : 56 cent.

MONET (Claude)

52. — Dans les Coquelicots.

Le champ de coquelicots à gauche. Un sentier à droite s'en va, perdu dans la verdure, jusqu'au village qu'on aperçoit là-bas au pied d'un coteau.

De beaux nuages roses en valeur sur le ciel bleu tendre.

> Toile. — Haut. : 82 cent.; Larg. : 60 cent.

Signée à gauche en bas : 1880, Claude Monet.

MONET (Claude)

53. — La Maison sur le Mail.

Derrière la rangée d'arbres qui limite, là-bas, le Mail, la maison avec ses grandes lucarnes et ses petits murs de brique rouge.
Une femme à gauche.

Toile. — Haut. : 61 cent.; Larg. : 73 cent.

Signée à droite en bas : Claude Monet.

MONTICELLI

54. — L'Adieu.

Les deux époux se disent adieu tandis qu'un enfant caresse un levrier blanc.

Panneau. — Haut. : 31 cent.; Larg. : 21 cent.

Signé à gauche en bas : Monticelli.

QUINTON

55. — A l'Abreuvoir.

Au crépuscule, trois bœufs descendent vers une mare.

Toile. — Haut. : 52 cent.; Larg. : 67 cent.

Signée à droite en bas : Quinton.

MONET (Claude)

La Maison sur le Mail.

SISLEY (Alfred)

Une Cour à Chaville l'hiver (effet de neige).

ROZIER

56. — Le Pont du Rialto.

L'eau et le ciel très bleus. Une grande voile blanche. A droite et à gauche, les maisons roses.

Panneau. — Haut.: 34 cent.; Larg.: 42 cent.

SEYSSAUD (A.)

57. — La petite Ville provençale.

Au bord de la prairie, elle échelonne ses maisons
basses, comme cuites au grand soleil.

Panneau. — Haut.: 25 cont.; Larg.: 45 cent.

Signé à gauche en bas : A. Seyssaud.

SISLEY (Alfred)

**58. — Une Cour à Chaville l'hiver (effet
de neige).**

Pleine de neige, la cour avec des maisons à gauche,
des arbres et une charrette à droite.
Au fond, un rideau d'arbres bleuis de givre. Un
soleil pâle éveille d'exquises notes roses sur la neige.

Toile. — Haut.: 48 cent.; Larg.: 55 cent.

Signée à droite en bas : Sisley.
Au dos la mention : Une cour à Chaville.
Décembre 1879.

SISLEY (Alfred)

59. — Bords de Seine (Givre).

A gauche, une berge couverte de gelée blanche, un haut talus avec des arbres.

A droite, la rivière où se reflète tout un fond de paysage, fait de coteaux bleus et de feuillages roux.

Toile. — Haut. : 46 cent.; Larg. : 65 cent.

Signée à droite en bas : Sisley, 72.

SISLEY (Alfred)

60. — Une Étude pour : Le Pont de Moret.

Le pont à gauche, le moulin et l'église au centre, le deuxième pont et la tour carrée à droite. Le Loing coule, d'une admirable transparence.

Toile. — Haut. : 39 cent.; Larg. : 46 cent.

Signée à gauche en bas : Sisley, 92.

SISLEY (Alfred)

61. — La meule de paille. — Octobre.

Au milieu du champ, la meule, ronde et dorée, en valeur sur l'immense ciel bleu où s'allongent de minces nuées blanches.

A gauche, au loin, le village et son clocher.

Toile. — Haut. : 68 cent.; Larg. : 95 cent.

Signée à droite en bas : Sisley.

SISLEY (Alfred)

Bords de Seine (Givre).

SISLEY (Alfred)

Le Pont de Moret.

SISLEY (Alfred)

La meule de paille. — Octobre.

SISLEY (Alfred)

Les Échalas.

SISLEY (Alfred)

62. — Les Échalas.

A gauche, dans son champ, un paysan arrache des échalas qu'il met en tas.

A droite, un chemin bordé d'une barrière à demi renversée.

Bouquets d'arbres clairs, à droite et à gauche.

Au fond, deux personnages, et un arrière-plan de campagne.

Au ciel, très bleu, de gros nuages blancs.

Toile. — Haut.: 60 cent.; Larg.: 78 cent.

Signée à gauche en bas: Sisley, 76.

TOULOUSE-LAUTREC

63. — Danseuses.

Entre les décors, une file de danseuses dont la première à droite est coiffée du bonnet phrygien.

Panneau. — Haut.: 45 cent.; Larg.: 84 cent.

Signé à gauche en bas: Toulouse-Lautrec.

VEYRASSAT (J.-J.)

64. — Aux Champs.

Charrette à chevaux blancs et paysans aux champs.

Panneau rehaussé à la plume.

Haut.: 10 cent.; Larg.: 16 cent. 1/2.

Au dos: Certifié de J.-J. Veyrassat.

M. Veyrassat, son neveu.

VIGNON (V.)

65. — Souvenir de Pourville.

A droite, une maison rouge au milieu de buissons. — Au fond, la falaise et la mer.

Toile. — Haut. : 48 cent.; Larg. : 40 cent.

Signée à gauche en bas : V. Vignon, 87.
Souvenir de Pourville.

VIGNON

66. — Auvers-sur-Oise. — Paysage.

La route entre les champs et le village au fond à droite.

Toile. — Haut. : 43 cent.; Larg. : 63 cent.

Signée à droite en bas : Vignon.

VOGLER

67. — Matin d'hiver.

Dans une atmosphère grise et froide, le décor sommaire d'une rivière entre ses deux berges couvertes de givre, et quelques peupliers.

Toile. — Haut. : 63 cent. ; Larg. : 75 cent.

Signée à droite en bas : Vogler.

ZIEM   (Félix)

Rives de lagune.

ZIEM (Félix)

68. — Rives de lagune.

A gauche, après un petit pont en dos d'âne, des maisons roses et une flottille de barques.

Au loin, un rivage verdoyant. A gauche une barque noire, avec un batelier, et de grands bateaux à voiles brunes.

Toile. — Haut. : 59 cent.; Larg. : 89 cent.

Signée à droite en bas : Ziem.

Pastels
Aquarelles, Dessins

BOUDIN (Eugène)

69. — Marine.

Pastel. — Haut. : 26 cent.; Larg. : 40 cent.

Signé à droite en bas : E. Boudin.

BOUDIN (Eugène)

70. — Crépuscule. — Marine.

Pastel. — Haut. : 10 cent. 1/2; Larg.; 14 cent.

Signé à droite en bas : E. Boudin.

BOUDIN (Eugène)

71. — Sur la Jetée.

Pastel.

BOUDIN (Eugène)

72. — Plage de Trouville.

Pastel.

CHÉRET (Jules)

73. — Projet d'affiche. — Les Jouets.

La dégringolade multicolore et chatoyante de Colombine jouant des cymbales, de Pierrot et de Polichinelle brandissant une bouteille.

En haut, dans le bleu, une ballerine secouant une corne d'abondance.

Pastel. — Haut. : 85 cent. ; Larg. : 44 cent.

Signé à droite en bas : Chéret.

DAUMIER (Honoré)

74. — Avocats.

Deux avocats en robe se saluent en passant.

Aquarelle. — Haut. : 23 cent. 1/2 ; Larg. : 18 cent.

Signée à gauche en bas : H. Daumier.

DAUMIER (Honoré)

75. — Croquis de têtes.

> Dessin. — Haut. : 19 cent.; Larg. : 25 cent.

Signé à droite en bas : H. D.

DE NEUVILLE (Alphonse)

76. — Deux Ennemis.

> Dessin à la plume. — Haut. : 26 cent.; Larg. : 18 cent.

Signé à droite en bas : A. de Neuville.

HELLEU

77. — Repos.

Une femme couchée sur un canapé, la main droite appuyée au dossier.

> Dessin aux quatre crayons. — Haut. : 50 cent.; Larg. : 67 cent.

Signé à droite en bas : Helleu.

JONGKIND (Johann-Barthold)

78. — Morlaix.

Un angle de vieille rue avec une maison à encorbellements.

> Aquarelle. — Haut. : 25 cent.; Larg. : 28 cent.

Signée à gauche en bas : Jongkind.

> *A droite : Morlaix.*

JONGKIND (Johann-Barthold)

79. — Le Village.

Le groupe des maisons derrière le petit pont.

Aquarelle. — Haut. : 20 cent.; Larg. : 30 cent.

Signée à droite en bas : Dort. 9 oct. 69. Jongkind.

LEGRAND (Louis)

80. — La Femme à la Cocarde.

Assise, portant une cocarde dans ses cheveux. Sur une chaise, un bicorne.

Pastel. — Haut. : 44 cent.; Larg. : 33 cent.

Signé à droite en bas : Louis Legrand.

LEWIS-BROWN (John)

81. — En |Vedette.

Sur un plateau isolé, un cavalier examine à la longue-vue l'horizon de droite. — Derrière lui, deux cavaliers.

Pastel. — Haut. : 52 cent.; Larg. : 68 cent.

Signé à droite en bas : John Lewis-Br.

MEISSONIER (E.)

82. — L'Armurier.

Dessin à la sanguine. — Haut. : 13 cent. 1/2; Larg. : 9 cent.

Signé à gauche en bas : E. M.

MONNIER (Henry)

83. — Les Explications.

Un homme debout parlant à un groupe d'hommes assis.

Aquarelle. — Haut. : 20 cent.; Larg. : 24 cent.

Signée à droite en bas : Henry Monnier, 1869.

RENOIR (Auguste)

84. — La Marchande de pommes.

Dessin à la sanguine. — Haut. : 40 cent.; Larg. : 28 cent.

Signé à droite en bas : Renoir.

ROSA BONHEUR

85. — Une Biche, vue de dos.

Dessin rehaussé. — Haut. : 10 cent. 1/2; Larg. : 16 cent. 1/2.

Signé à droite en bas : Rosa Bonheur.

ROSA BONHEUR

86. — En Forêt.

La perspective des grands troncs d'arbres découpée sur le ciel gris.

Aquarelle. — Haut. : 25 cent.; Larg. : 35 cent.

Signée à droite en bas : Rosa Bonheur.

STEINLEN

87. — Le Serment.

Dans la mansarde. C'est l'heure de la fidélité éternelle.

Pastel. — Haut. : 39 cent.; Larg. : 46 cent.

Signé à droite en bas : Steinlen.

STEINLEN

88. — L'Offre Galante.

Un jeune homme en costume de soirée et une petite ouvrière en corsage rose.

Pastel. — Haut. : 49 cent.; Larg. : 36 cent.

Signé à droite en bas : Steinlen.

STEINLEN

89. — Convoitises.

Une petite ouvrière convoite des bijoux étalés de-
vant elle. — Un passant convoite... la petite ouvrière.

Pastel. — Haut. : 49 cent.; Larg. : 30 cent.

Signé à droite en bas : Steinlen.

ZIEM (Félix)

90. — Marine

Aquarelle. — Haut. : 9 cent.; Larg. : 12 cent.

Signée à gauche en bas : Ziem.

Vente Marmontel. 28 mars 98.

IMP. ANDRÉ MARTY

25, RUE LOUIS-LE-GRAND